めばるの部屋

鳥切かずみ

文芸社

まえがき

久しく書棚の奥に眠っていた一冊の著書。出版は二〇〇三年。十五年前になります。自らが奮起した遅蒔きの春、その舞台裏を、『あの春以来』と題して執筆しました。慣れない作業に家事諸々を手抜きして、原稿用紙と睨み合い。何とも気忙しい毎日が続きました。

そうして待ち望んだものが形を成す喜び。あの時の達成感を懐かしく思い起こしています。しかし、出版から間もなくのことでした。出版元の倒産は、当時の私に多少なりとも打撃でした。

もう書きたくないという諦めと、いつか再びと思う願望が混在したまま、それは輪郭の見えない、内容を伴わない空想でしかありませんでした。

煮え切らない思いでいた頃、パソコン教室へ通い始めて、ブログというジャンルについての認識を新たにしました。

日々の出来事を面白おかしく、ときには人生観を交えて、気が向けば飼い犬の騒動など、自由な散文で投稿しました。

七年間のブログの中から抜粋した数十編を、今回、『めばるの部屋』として出版する運びとなりました。

今年は平成三十年。来年は元号が変わります。

折も折、ご縁あって、文芸社での出版が決まりました。二の矢の夢は遠のくことなく、二作目出版の現実を見ることができたのです。

私が奮起して頑張った平成時代の最後の春に、今回の出版が決まったことは、書くことが好きな私自身の証明でもあります。

一人でも多くの方が『めばるの部屋』の表題に目を留めてくださるなら、〝ようこそ〟。めばるの部屋の扉は全開です。

部屋の中は明るい昼間だったり、暗い夜更けだったり……。その時どきの心境を読み取っていただければ嬉しく思います。

庭のドッグハウスも開放です。

一代目のコロちゃんと二代目のけんたくん。

家族とともに、深いきずなで結ばれた二匹の愛犬のお話もあります。

もの言わぬ動物の愛おしさに、愛犬家はもとより、同じ気持ちで頷いていただける方も多いのではないでしょうか。

目次

めばるの想い出

ちょんまげっ子

目の大きい　おかっぱ頭の女の子
ある日　お下げ髪に憧れて
おかっぱを伸ばして自慢げに　二つ結び
目の前に　はなたれ小僧が立ちふさがって
「ちょんまげっ子」と大笑い
あの子　この子に言いふらす
自尊心を傷つけられて
おかっぱに戻した女の子
またもや　小僧
今度は「めばる！　めばる！」と囃《はや》したて
面目丸つぶれの女の子
めばる　今ではこれもご愛嬌のブログネーム
はなたれ小僧くん　あの日の君は何処へやら

夢みた歌手

大きくなったら　何になる？
島倉千代子さんのような　歌手になる
♪幸福いっぱい　空いっぱい♪　チャラ ラン
意味もわからず〝恋しているんだもん〟
親戚縁者の宴席で喝采を浴び
音楽の先生から発声レッスンを受けて
ＮＨＫラジオのど自慢大会へ出場
会場は隣町の体育館　初舞台で動揺して
声は上ずり　顔は真っ赤　恩情の鐘二つ
少女めばるが自覚したこと
歌手になりたいなんて　金輪際ごめんです

女神さま

むかし　町立I小学校へ入学の春
担任の先生は年配女性　やや強面
幼い胸中　当初は後ずさりしたような
ある日　梅雨明けごろの朝礼時間
校長先生の話が　とぉ～くへ消えてゆく
お日さまだけがジリジリと　目の前はクラクラと
全身に冷や汗かいて　気を失いかけたとき
ふくよかな両腕に抱きあげられていた
翌春　定年退職でお別れした先生は
救いの手で子どもたちを守り　育み　教える人
児童期の女神さまと記憶する
昨日　今日と道々に　光り輝く新入生
この子らにも　よき出会いがありますように

許す力

少女めばる　小学三年生の春　担任教諭に不信を抱く
校門手前で　自転車を止めて待つ先生
愛用カメラを差し出して　落とすな　壊すな
先生の机まで大事に持ち運んでくれ
△△写真館へ現像発注で立ち寄ると言う
少女めばるは〇〇写真館の娘である
写真館は町内に二軒　黙って行けばよい
めばるの家の商売敵がご贔屓でも　子ども心を傷つけて　何がおもしろいのか
余程の無神経なのか　はたまた　めばるが感受性の強い子だったのか
『許す力』を読み終えて　半世紀も遡る出来事を　今認めている
あんな先生どうでもいい　今日までは
資質に欠けた教師を許していなくても　許す力は強くある　それが人の道だから

＊　同県人作家、伊集院静氏の著書『許す力　大人の流儀4』（講談社）を拝読し、タイトルに引用しました。

ゲゲゲ！

めばるが　カトリック女子高生のころ
前髪なびかせ　斜に構えて行く一匹めばる
近くに　品行方正と言えない水産高男子たち
彼らを無視で　素通りするめばるに向けて
ゲゲゲ　ゲゲゲ　と茶化し冷やかす
そう　高校時代のめばるは
『ゲゲゲの鬼太郎』を連想させる妖怪女子
水木しげる氏逝去の折　ただただ懐かしゲゲゲ！

世の光　地の塩

萩K学院　今日は母校の卒業式
一九七〇年春当日は　大学受験で上京中
母一人が出席した心残りの卒業式
恩師　校長から　出来の悪い娘を持つ母へ
目いっぱいお義理の褒め言葉
「あの子は大物になりますよ」
天国のシスター！　お母さん！
私は小物でもなく　大物でもなく
建学の精神『世の光　地の塩』に肖《あやか》って
世間にどんな光を放ってこれたのか
社会にどれだけ塩気を利かせてこれたのか
今に至って考えてみても
私は等身大でありのままに　このままに

若者たち

懐かしいメロディー『若者たち』
つくし野学寮でこの歌を　幾度歌ったことか
隣室に　ギターを弾く学友がいた
夜な夜な彼女の部屋に数人が集い
当時流行《はや》ったフォークソングをランダムに
そして『若者たち』を必ず歌った
♪君の行く道は　果てしなく遠い♪
ギターに誘われた　毎夜　あの頃
口遊めば　涙こぼれるほどに純朴で
青臭くもやさしく　か弱くも美しい
友と集った　若者たちの時代が蘇る

十五の春

十五の春の少女たち
小さな町に生まれ育った同級生が
あの春　各自の目標に向かって旅立った
一足早く　社会へ出た二人
進学の三人は上りと下り　別々の汽車通学
新たな環境下で高校時代を過ごした
空白の時を経て　数年前から偶《たま》に集い
今年も五人揃い　伴侶を亡くした一人を囲み
時の流れに溜息ついたり　笑い涙で納得したり
共通の記憶　十五の春を懐かしんだ

私の父は戦時中、満州で従軍カメラマンとして戦争記録映画を撮っていました。華北電影という映画会社に所属していました。私が子どもの頃の記憶で全体像が定かではありませんが、映画撮影にも携わり、故・山本薩夫監督の下でカメラを回していました。李香蘭（山口淑子）や三國連太郎が、いかに素晴しい名優であったかを話して聞かせてくれました。

ちなみに、母は軍特務機関のタイピストでした。

終戦直後、両親は出生地の山口県へ戻り、当時の田舎町では目新しい写真館を営みました。しかし、父は根っからの映画人。写真館は母任せ。各地の観光名所を回り、PR映画制作のための営業から契約、そして企画・撮影と制作のすべてを一人で熟《こな》していました。写場には、36ミリ・16ミリカメラや映写機・編集機など、田舎の写真館に釣り合わない機材が置かれていました。

撮影済みのフィルムの現像と録音は東京での作業。まだ少女だった私を二〜三回連れての上京の折には、東洋現像所やセントラル録音、アオイスタジオといった映画制作関連場所の空気を体感させてくれました。

初の72ミリ・コダックカラー映画『クレオパトラ』が中国地方・益田市で公開上映の際は、私の意思に関係なく、芸術を愛せといち早く鑑賞させました。

私の甥っ子は、少年野球映画『バッテリー』でデビュー以来、今この時、その時を地道な努力で頑張っています。

昭和六十一年に亡くなった父は、孫となる彼が生まれてくることさえ知りませんでした。この事実を、もし生きていて受け止めたなら、どんなに深い感慨にふけたことかと想像してしまいます。

回り回っての家族の繋がり、因と縁を、映画人だった父の娘として書き添えます。

理想の甥っ子

幾つもの役どころ　幾つもの人生
演じることを究極の目的とする芸の道
役柄を種々試みて　演技を熟《こな》してゆく
理想の甥っ子の将来を
かの名優のようにと描き求めるより
当面は　パーソナリティを活かせばよい
足元が縺《もつ》れたときは深呼吸
親馬鹿ならぬ　おば馬鹿が
その行く末を信じて　円熟を祈る

名優たち

駆け出し当初　将来性への期待もなく
端役《はやく》　下積みから這い上がった名優たち
はたまた　十代半ばのスカウトで
オーディション経て　いきなりの主役
零の地点で戸惑いながら　迷路を進む
いずれも成功への道は長く遠いが
名優たちは映像に　絶対の真理を残存させる

二人のヘプバーン

好きな女優は誰　と聞かれて
O・ヘプバーン　と答えた
今時渋ぃ！　と苦笑された
実は　K・ヘプバーンも好き
信念を貫いた女優　生き様が素晴らしい
往々に　個性の強さや若い時代の勢いを
棘ある女と見なされることがある
賞賛の的に　災いを呼ぶこともある
二人のヘプバーンはそれぞれに
栄華極めた日々を誇らず　晩年は枯淡の趣
人格を深め　静かにその生涯を閉じた

父と母と叔母ふたり

人の一生は父母の下、置かれた環境に始まり、歩む道筋を覚え、成長の過程で立ち止まり迷いながら、活路を見いだしていきます。私が艱難《かんなん》を凌ぐ時、ホセ・オルテガの言葉に励まされます。

〝私は、私と私の環境である。そしてもしこの環境を救わないなら、私も救えない〟

以前、ラジオから聞こえてきたオルテガの言葉が、私の琴線に触れました。

物心つく幼少期からの記憶を辿れば、父がいて、一方に母がいて、その傍らに母の妹ふたり、すなわち三姉妹がいました。

叔母ふたりは独身を貫き、私を娘のように、弟たちを息子のように可愛いがりました。伯父たち家族にいとこも多いのですが。

三姉妹の愛情表現は、著しく異なるもので、少女から思春期へと成長するにつれ、愛は縺《もつ》れるもの、重く負担なものと受け止めるようになりました。

肝心要の母がいつも身を引いていて、私は叔母ふたりに威圧を覚え、無言の抵抗で反撃した日もありました。それでも叔母たちから受ける愛情は父母に等しく、こちらの視線も平等でなければならないと、自らを戒めました。

父が先立ち、その二十年後に母が、その母を追うように、生涯無償の愛を注いでくれた年上の叔母が急逝しました。

すべての意味で最強の、見返りを課す年下の叔母が年齢順の秩序は遵守したのか、最後にこの世を去りました。

人間形成の過程で、歪んだ環境はどこまでも付いて回ると自覚していました。

深く繋がり絡んだ環境が無くなった今、平穏と同時に、私を育んだ環境すべてが有難いものと思えるようになりました。

〝私は、私と私の環境である〟

これが私の来歴、紛れもない事実です。

ホセ・オルテガの言葉は、私にとって大切な指針と言えるのです。

見守る人

幼いめばるにお似合いの
赤いベレー帽と　ビロードのズボン
木馬にまたがり　ミルクキャラメルの箱を握りしめ
傍らに　二眼レフを手にした父がいた
定かでないが　めばるが三つの誕生日
無邪気な自我の芽生えなのか
見守る人のやさしい愛を感じていた
時は今　六十年前の秋十月

萩女

母が口にした　ひとり言
この子は　男に生まれて欲しかった
若気のころ　まわりで囁く誰かの声
彼女は　凛々しい人だから
男兄弟に挟まれて　気丈に育ち
姿形は女でも　萩の女の血筋なのか
胸の内にきりりと結んだ　締めだすき

腰巾着

物心が付いたころ
祖母はわたしを「腰巾着」と呼んでいた
辛辣なお祖母《ばあ》さんが苦手だった
「おばちゃんの腰巾着」と連呼された背景に
母の妹　叔母に懐いて離れない　幼少期からの自分がいた
人見知りで　大人を困らせた記憶の中
叔母を慕い　どこへ行くにも一緒だった
生涯一人身　潔く生きた叔母が
わたしの結婚　娘たちの誕生と成長を
人生最大の喜びとし
わたしたち家族を信頼してやまない
母と同じ晩年があった
叔母のバースデー祝福の日は　三年前に終わったものの
腰巾着だったわたしが　叔母の誕生日　二月十五日
今日この日を　忘れるはずがない

右と左に

物心ついたころ
わたしの右に　配慮を感じる叔母がいて
左に　意のまま気まま　支配的な叔母がいた
子供心は素直なもの　右に寄り添い成長した
三年前　あの日　突然のこと
「ありがとう」も「さようなら」も言えず
前者の叔母との別れがきた
それでも心の奥には　貴重なアルバム
ともに憂い　ほほ笑んだ一つ一つの瞬間が
鮮明に刻まれている
今　わたしの左に　心も体も均衡を崩し
周りを傷つけた以上の傷を負い
積み上げた欲の数ほどの罪を作り
魂胆あって群がる者の　訳も分からず
憐れみの晩年を生きる叔母がいる
総じて　純朴な人生に優るものはない

姿見

母はすでに天の国
その母がいたから私がいる
母と娘　ふたりの人生は別物でも
平穏の日々に　苦境の時の振る舞いに
説明のつかない姿見があって
在るべき姿の酷似を映す

めばるの叔母

母の死から一年足らず
叔母が母を追って早六年
母と等しく　深い絆の叔母だった
広い空中に　頬撫でる風に　木漏れ日の中に
遠のくことなき面影を　永久に祈る

三原色

母がいて　右と左に叔母がいて
三姉妹の真ん中に　一人娘のめばるがいた
赤　緑　青　三原色の光を受ける環境下で
愛は奥深くも罪深く　三姉妹の恩情に
さまざまな矛盾を見据えていた
母が逝き　あとを追うように右の叔母が
めばるの心に棲む面影となり
常に秩序を乱した左の叔母が取り残された
意識の働きを失くした姿に哀れみを覚え
いずれ　めばるの心に揃い棲む
再びの三原色であってほしい

にやけた太鼓持ち

その男　口八丁手八丁　常に　にやけた太鼓持ち
にやにや　へつらい　恍惚の人に付き纏う
その男　油断大敵　いつの間にやら　ディフェンスかわし
今や風上から　息子と名乗る恥知らず
その男　今も昔も　常ににやけた太鼓持ち

その顔は

三姉妹で一人残った強健の叔母　脳障害で倒れて以後　心身崩壊
悶絶の表情が脳裏に焼き付く年月だった
叔母は堅固であった　ゆえに色々あった　そして終わった
その顔は　解き放たれたように安らかだった
なにより　叔母が美形であったと認識した
今はもう　いい思い出だけが心に浮かぶ

節分

父との別れは　昭和六十一年の立春を迎える頃でした
父が残した言葉を忘れることができません
「さくら咲く春を待て」
七十歳検診で　早期胃がんの告知を受けました
自覚症状もないのに　寒の入り時にジタバタするな　春が来たら他で確《しっか》り診てもらう
家族は父の意志よりも　進行する前にと促す医者の言葉を信頼して
嫌がる父を　手術へと向かわせました
実際には家族も迷う判断が　最悪の結果をもたらしました
信じ難い執刀ミスで　大動脈損傷
死因　腹腔内出血　二月三日の節分でした
入院から十日前後のことでした
棺の前に正座の主治医院長は　踵に穴空きの靴下　この人なりの素の姿なのか
死者を悼む誠意を認めて　争うことを止めました
不条理に耐えて　その死を受け入れました
あの頃は　今とは違う賢者優位の時代でした
今日は節分　明日は立春

そのうち　さくら咲く春がやって来ます
「さくら咲く春を待て」
父の運命をたどる教訓です

終始一貫

君が生まれてきたことに　意味がある
生きた日々に　意義がある
君の尊い一生は　孤に非ず
傍らに　父と母がいた　兄弟がいた
おじ　おば　いとこ　祖父母もいた
一途に生きたことを　恩師や友が知っていた
終始一貫　行年三十一歳の甥っ子
あの世も　この世も　未来永劫
君の安らかな旅路を祈る

四季一巡

若くして　もの言わぬ人に
君が永い眠りについた夏に耐え
来る秋　向かう冬侘しく　ほどなく迎えた春
四季一巡を凌いで　再びの七月
その人となりを懐かしみ
健やかに生きた当時を偲ぶ

姉と弟

三つ違いの弟がいる
小さいころから仲良しで
今年も忘れず寄こした「おめでとう」の電話
「ありがとう」
誰にとっても誕生日は　幸せな一日ですね
また一年先を目安に　元気でがんばります
姉と弟　ともに老いて命数が尽きても
急がないで　姉より先に行かないで
下は上より　三年以上は遅れてくるように
その下の五つ違いの弟も
五年以上は遅れてくるように

水晶のイヤリング

今もジュエリーボックスに
ひし形でシンプルな　水晶のイヤリングが光る
めばる二十五歳頃の誕生日
夭折《ようせつ》の末弟が贈ってくれた　小さな宝石
八歳違いの弟と　姉弟喧嘩の記憶がない
小さい頃から気立てがよく　昭和時代を懸命に生きて
哀しい別れから二十一年
今日ふたたび　ひし形イヤリングが懐かしく
水晶を透《す》かして　三十三歳のままの弟の姿が映る

箏曲

二階から三味線　時間をおいて琴の音
週末に　娘が奏でる練習音
めばるも小学一〜二年生の頃
近所のお姉さんに誘われ始めた　お琴の稽古
お寺の奥座敷で　宮城流の師匠をお待ちした
当時　通い道の民家に放し飼いの犬
吠えつく犬が怖くて辞めてしまった　習い事
ピアノから和楽器へ移行した娘は
教師試験を済ませ　師範を目指している

遅咲きの梅花

都会暮らしに田舎の趣をと
生前の母が託した梅の接ぎ木
植樹から足掛け十年
この春　ちらほら花をつけ
遅咲きの梅で花やいだ玄関先
同時進行した次女の成婚
孫娘の門出を祝うように
亡き母の面影映える浅春の明け方

朗報に沸く

慌ただしい六月の花嫁
今日も衣装合わせのお付き合い
ヘアースタイルやメイクなど
大方の打ち合わせを終えてのランチタイム
レストランで　Hさん親子と偶然の再会
ご子息と娘は　ご近所時代の幼なじみ
大人になって再会したその日その時
ともに今年結婚の朗報に沸く
子どもの声が飛び交う活気の時代が過ぎて
ご近所一帯が世代交代
われわれ夫婦も　今が人生の転換期
高齢化社会と親しんで　これからを楽しもう

珊瑚婚

いる人が　いなくなる日がいつか来る
あなたが先にいなくなったら
わたしには何の手立てもない
わたしが先にいなくなったら
あなたは何とか立ち直ってほしい
世間一般　夫婦不仲は不穏なもの
受け入れがたい別れがあったり
手段もなくて縁を切ったりする
縁あって三十五年　円満夫婦の別れ路は
どれほどやるせないか　切ないか
珊瑚婚のよろこびのうらに
いる人が　いなくなる日がいつか来る
将《まさ》に来たらん　その日を思う

おおきくな〜れ！

はじめまして　こんにちは
一ヶ月早く生まれた　ちいさな初孫ちゃん
平成二十七年新春の大安吉日
当病院で二十七番目の新生児
パパとママの愛に包まれて
家族みんなの祝福を受けて
保育器でスヤスヤ　優しい寝顔
白い衣に包まれて　かわいい毛糸帽
ママといっしょに　早く元気にな〜れ！
おおきく　おおきくな〜れ！
いっぱい　いっぱい幸せにな〜れ！

お里

おかえりなさい　孫姫ちゃん
お包みから　ちっちゃいお顔のぞかせて
お首かしげて　ここはどこ？
ここはママの実家　お里です
ちっちゃなお口を　ひらいて　とじて
むにゃ　むにゃ　むにゃ
ここはどこ？　ここはママとあなたのお里です

バァマのハート

まぁまぁ　こんなに大きくなって
どれどれ　ずいぶん重くなったのね
可愛いベビーちゃん　こんにちは
ときどきしか会えないけれど
近ごろ　にこにこ　ふくふく笑ってくれて
うれしいな！
ちょっと渋いバァマのハートも
やわらかいソフトクリームみたい
ふわふわふわーっと　溶けてしまいそう

＊　タイトルの「バァマ」は、バァバママの略（おばあちゃん）。

ひとりごと　日常のこと

夢あたためよ

思い膨らみ広がって　パーンと弾けて一条の光
一躍あのころ
意志漲《みなぎ》って会得した歩み『あの春以来』
いつしか　ぼんやり時は経て
すでにやる気は薄れ　集中できずと納得尽く
それでも春は穏やかに　二の矢の夢あたためよと　元気づける

小石の如く

磯の波間に　打たれ叩かれ
無限のいとなみに　行きつ戻りつ
研ぎ剥がれて　丸みを成す
大海へ向かう術もなく　波音に紛れ転がる小石の如く
わが道　このままに

活めばる

赤　黒　金　と体色を
居場所で変える　メバルさん
実は　わたしも同じです
元気出して血色よく
ストレス溜めて色艶失せ
自信つけて颯爽と
日々色々と変わります
これも何かの合図です
海のメバルも　めばるの私も
生きてる証を立ててます

旬の終わり

ふとしたはずみで躓《つまず》いて
なにやら歪みが見えたので
めばるのわたしは目を閉じた
五月の空を自在に泳ぐ鯉のぼり
めばるは心も閉じて水面に伏す
おやおや　これが五月病
メバルの旬も終わりに近づいて

このスタイル

今日までは長く
遠い時間をかけてできあがったこのスタイル
これが私　私でしかない
私でしかない私が見つけたものは
体内に透き通る心の働き
関わりを通して相通じる内面の貴《とうと》さ

うつら　うつら

夜が更けて　深い眠りに落ちてゆく
深潭《しんたん》に漂うあまり　うつら　うつら意識が浅い
昼の光の中で見たものが　錯覚なのか
眠りの中の目の奥に　まやかしはなかろうか
うつら　うつら　浅瀬に浮いて目が覚める

書き記す

目の前に　上下左右
垂れて揺れる釣り糸の
その先端に光る欠けら
その味　苦いか甘いか面白く
関心高まって諸々ひらめく
筋道立てて書き記す

めばるの格言

あからさまな法螺《ほらふ》吹きと
小さな嘘でごまかす嘘つきと
みっともなさに変わりはなく
やがて癖は習熟して
狭苦しさに身を染める

夜が明ける

考え込んで日が沈む　悩み抜いて夜が明ける
大いに悩み　深く考え
遅かれ早かれ　朝日は眩しく
しがらみからの解放を知る

恰《あたか》もよし

あの日　この目で見ていたのに
今も　この目で見ているのに
あなたは　あなたのままなのに
私は　私でしかないのに
あの日と今が　違うのは何故
なんでもないのに　よくあることなのに
恰もよし　霞む空に虹を見る

秋の夜長

心もようを　すらすらと
心の憂さを　ぐたぐたと
いずれも語るに足りず　眠れずに
頬杖突いてペン握る　秋の夜長

長雨

前日　前々日　降る雨途切れず
明日も確か雨予報
長雨じめじめと気持ち蝕み　内向き黴《かび》臭く
光り差し込む朝の目覚めが恋しい
西の空に　入り日が待ち遠しい
お日様　お出ましはまだですか

ご長寿

敬老の日に思う
幾年月の道捗《みちはか》に　山あり　谷あり
時化《しけ》の日　凪の日　日々さまざまかと
ゆえに長寿を喜び　命を尊び　その人生を敬う

弾まぬボール

歳を重ねて　置かれた場所を退いて
預貯金　年金で暮らす生活が
無難なのか安定なのか
元気で働いて得た収入にこそ価値がある
年金とは有り難くも　弾まぬボールのような
張りなく反動もなく　やや拍子抜け

喪中はがき

炬燵《こたつ》で暖とり　数える喪中はがき
届いた枚数　なんと二桁十枚
横並びの侘しさに　年取った証を思う
そろそろ虚礼廃止を考えようか
かすめる思いとは裏腹に　元日に心待ちする郵便受け

研ぎ職人

大晦日からお正月にかけて　台所をあずかる主婦の算段とは
愛用の包丁を　研ぎ屋へお願いすること
切れ味のよい包丁は　俎板《まな》によく馴染んで　調理の手順もとんとん拍子
簡単で美味しいがモットーの料理好きは　研ぎ職人の技に納得尽くで
ひとつ　ふたつと　また工夫したくなる
今年もお節料理作りは準備万端なり

復活節

雨雲霞む春の空　一夜明けた青空に
スペインからの風が舞う
復活節をよろこび　日本の桜を愛おしむ
R＆D姉妹からの祝福メッセージ
日本の桜は散りゆくも
思い出は遠い大地に舞い降りて
来る夏に　清楚なマーガレットの花々が
スペイン北部　ベリスの丘に咲きそろい
姉妹を励ますにちがいない

朝刊『天声人語』

正月三が日をやり過ごし
やっと手にした朝刊の『天声人語』
ノートルダム清心学園理事長
渡辺和子さんご帰天の報
十数年前　日曜ミサでたまたま隣席に
ミサ後　おこがましくもご挨拶を
対話で見つめた柔和忍辱《にゅうわにんにく》　後に刊行された
『置かれた場所で咲きなさい』
艱難辛苦《かんなんしんく》を乗り越えた人の言葉はうるわしい

中欧五ヶ国の旅

九年ぶりの海外旅行は　中欧五ヶ国
オーストリア　ドイツ　ハンガリー　チェコ　スロバキア
このご時世　テロやスリに遭遇することなく
無事帰国できたことを素直に喜びたい
家族の心配りに　友人の気遣いに
心から感謝したい
時差ボケからも解放されて　訪ねたあの地
そこに生きたカフカやヘッセの心情を
日を追って　時間をかけて辿ってみたい

ゲーテとウェルテル

『若きウェルテルの悩み』を読み
講義を聴いて　所期目的の幾分を知る
ウェルテル若き日の撞着《どうちゃく》と
長命ゲーテの弁明を複合して文字を読み解く
恋愛とは　漲《みなぎ》る感情を然《さ》も美しく物語り
自らの若き日を想えば
不惘で未熟　珍妙でもあったような

GOYA

十年前のスペイン旅行は
華やかなマドリードでも　バルセロナでもなく
北のバスク地方　ビルバオ拠点の八日間
ビトリアの公園で　団栗《どんぐり》の大きさに驚き
ビスカヤ県ベリスの修道院訪問では
周辺なだらかな寒村を散策
バスは山坂進みナバーラ・パンプローナへ
サビエル城の佇まいに立ち竦み
リオハで極上ワインを堪能
踏みしめた大地と歴史の重みが
受講したスペインの画家　ＧＯＹＡに繋がる
ＧＯＹＡの生涯がディゾルブ
ふつふつと　バスクへの旅が蘇える

都市と田舎

わたしを育んだ土壌は　いわゆる片田舎
地縁血縁の狭い社会　ゲマインシャフト
学ぶために上京して　学友たちと
勤め先で同僚たちと
結婚して中部　九州　関西各地で土地の人と
様々な関連を経て　関東に根付き
社会的選択の幅広い　ゲゼルシャフトにある
人は常に集団の中に在り　変貌してゆく
社会学は興味深く　視野が開ける

哲学

ここは迷路か　方位定まらずにいる
たとえ居場所を誤ったとしても
日を追って　自己に立ち返れば
私の人生観　世界観の中に
教わり習うものではない哲学がみえてくる

カンバス

慮《おもんぱか》って俯いて　見過ごした六月の空
雲の流れを感じ　雨足を追って黙思の日々
堰を切って胸襟開けば
初夏の大地に広がるカンバス
薄紫色のラベンダーが咲きそろい
君も台地の花のようにとエールを送る

ミステリアス

友人が所属するダンススクールの
ディナーパーティーで感激のひと時を体感
プロ　アマ　ミックスコンペティションで
ルンバ　タンゴ　ワルツを次々と
瑞々しく舞い踊る彼女のステップ
後半は　煌《きら》びやかなプロのショータイム
デモンストレーションに魅了されて
いよいよ各賞発表
『ミステリアス賞』で　その名を呼ばれ
思わず喝采　おめでとう!!
的確な審査選考に　続けざまの拍手を送る

ライバル

意気揚揚の若いころ　よきライバルがいた
ライバルは　何かしら類似を感知する
惨めに負けて　勝ち誇って　また躍動する
傍目は興味本位　相違を探り　特性を見いだす
ライバルの存在は　人生の宝にも拘らず
対抗意識が勝り　素知らぬ顔で行き過ぎる
概ね　愛しくも悲しい関係にある

トライアングル

感性も個性も強い友だちがいる
関わりは大切に　孤独も愛す
銘々に絵を描く術を知る
辺りを照らす月夜のような
まったりとした昼下がりのような
印象深い色調色彩を得意とする
絵心忘れて文字好む者は　折々を書き綴る
三人三角の関係性を
トライアングルの音色のようにと努めたい

私だけの見晴らし台

朝のベランダは　私だけの見晴らし台
洗濯物を干しながら
行き交う人の一日が見えてくる
髪を綺麗に束ねて　スーツ姿の若いママ
自転車に園児を乗せて
背中に赤ちゃん負んぶ
何という思い切りのよさかしら
出勤前の慌ただしさを吹っ飛ばすように
目的地へと向かう爽快さ
私の一日も小気味よく始まる

エアガン

他人の子をこんなに本気で叱ったことがない
公園沿いの小道を歩いていた
突如　右後頭部に矢で射るような激痛
振り向くと　公園ベンチに三人の少年がいた
十数メートル後方へまっしぐら
一人の少年が慌てふためいた
自転車の籠に隠した真っ黒いエアガン
遊びでは済まされない行為を厳しく叱り
そばにいた二人にも善悪を問うた
学校が違うし友だちじゃない　と一言返して
手にするゲーム機に心奪われている
公園内には　幼児と遊ぶ何組かの若夫婦の姿もあった
彼らが気付いていたか　見て見ぬふりか定かではないが
少年に幼児を確認させて　危険性を教えた
誰を目掛けてもいけない　動物も同じと諭し
彼は二度としないと約束した

突然の出来事に　教育という難題を再考
親の躾は　学校の指導は　と問う以前に
公然の流通なら　大人の配慮が欠かせない
玩具とはいえ形状はピストル　飛び道具
社会全体で健全な判断力を養いたい

還暦だもの

わたしに赤い服は似合わない　ずっと前からそうでした
わたしに赤い色は馴染まない　先ごろまではそうでした
娘が二人　大きいお姉さんになってきて
わたしが　小さなママになってきて
わたしも　赤を着てみました
だって還暦だもの
だって気持ちが明るくなるんだもの
誰も笑ったりはしないでしょう

本卦還りに思うこと

白黒ついた心身に　未練がましく自問自答
ここらで迷いを捨てて　安定の境地
なのに　なのに　本卦還りに思うこと
シミ　しわ　白髪　シッ！　シッ！　シッ！
三つの大敵　シッ！　シッ！　シッ！
あ～　やむなし　兎跳びして卯年五周

コロとけんた

コロちゃんの思い出

そもそもはゴルフの景品でした　血統は柴犬のはずなのに
獣医はカルテに〝雑種・メス〟と記しました

一年目のお正月に子犬を四匹産みました
すくすく育つ四匹を　見守り　戒め　母性を発揮しました
子犬と別れて十年間　平和に過ごしました

コロが十二歳になった夏でした
雷が怖くて逃走して　中野から渋谷方面へと放浪の道すがら
幸いにも獣医さんに保護されて　歯を見て〝二歳犬〟と診断されました
トリマーのお姉さん宅に貰われて　〝花子〟という名で過ごした武蔵村山での日々
このような道筋を辿ったとは露知らず
家族で尋ね歩いて　やっと再会のその時に
お姉さんへの恩も忘れて一目散
〝花子じゃないよ！　コロなんだ！〟
家族に飛びつき泣きついて　涙ながらに心の内を訴えました

十三歳の秋晴れの日　近所の小子《しょうし》に連れられて
休日の早朝から　電車に乗って神田まで　ここでも運よく小子とともに
お巡りさんに保護されて　夕方五時の鐘鳴る時刻に
トホホ顔して帰宅しました

十八歳を迎えたころ　コロにもボケが始まりました
自分で尻尾を噛み切って　縫合手術も無駄でした
短かくなった数センチの尾を残して　以後　まったく吠えなくなりました
とうとう老衰で危篤宣告を受け　長女と次女で寝ずの看病から一週間後
コロは起きあがり復活しました
おだやかな顔してトコトコ歩き
ぬいぐるみのように愛おしい姿でした

平成十八年　戌年一月十一日　早朝
コロは次女の胸元で　渾身の力を振り絞り
〝ワ～ン　ワ～　ワ～～〟
わたしたち家族に最期の別れを告げました

十九歳と三ヶ月　虫歯一本ない老犬でした
コロが天寿を全うした同時期に　けんたがこの世に生を受けていました
三ヶ月後　けんたが我が家へやってきました
一代目コロちゃん　二代目けんたくん
犬一匹の一生にも　語り尽くせぬドラマがあるものです

🐾　コロの捜索に当たっては「十二歳の雑種」を手がかりに、隣接区の杉並・練馬・世田谷管轄の範囲でお願いしていました。渋谷区で二歳犬保護の話を聞き、駄目元で直行しました。世間の情深さを実感しました。

けんた（愛犬二代目）

ワン　ワン　ワン
戌年　一月十一日生まれ（推定換算）
関東近郊　ドッグラン沿いの藪に一匹の幼犬
けんたは自衛官Hさんに救われました
生後三ヶ月頃　わが家の家族になりました
けんたは音に敏感で　雷と花火が大嫌い
その恐怖を死に物狂いで訴えます
夏場は雷雨多発　追い討ちかけて　夜半の公園から爆竹音
もう大変　事態の収拾がつきません
パニック状態でそこら辺を次々と破壊
あー声も出ない　けんたに罪はない　なにか対策はないものか

Hさんご夫妻は、すでに二匹の柴犬の飼い主。生後間もなく捨て置かれた幼犬を三ヶ月間養育しながら、里親募集をされていました。けんたの気性は見抜かれていたようです。一週間お試しで駄目犬とされれば引き取りますと、丁重で責任感ある対応でした。

また一難

またもや　花火の炸裂音
時刻は午前三時ごろ
けんたの叫び声が止まらない
パジャマ姿のまま玄関を飛び出して
すぐ近くの公園へ
中高生らしき若者たちが七〜八人
花火に興じて喚声あげて　辺りにお構いなし
あなたたち　何時だと思ってるの
住宅街の真ん中で近所迷惑と思わないの
花火して遊んでるだけっすよ！
矢継ぎ早に筒型花火を夜空へ放り投げ
立て続けの炸裂音　バーン　ババーン
住民だけじゃない　犬も怯えて大変なの
ワンちゃんの叫び声が聞こえるでしょ
通報してもいいっすよ！
あ〜埒が明かない　屁理屈だけを返してくる

あなたたち学生でしょ
こんな時間に夜遊びして
お母さんは心配しないの
未成年と思われるリーダーが
問われるのは俺一人　昼間は働いてるし
見習い職人だから夜しか遊べない
気持ちは分かるけど時間と場所を考えて
ムリ　ムリ　ムリ
無理じゃない　無理は言ってないの
昼間のお仕事がんばってね　立派な職人さんになってね
……　……
さあ　後始末しようぜ　ゴミ残すなよ　ワンちゃんが暴走したら大変だ
ありがとう　けんたに平和な夜が戻りました

🐾　通報してもいいっすよ！　ムリムリムリムリと反論したリーダーですが、その表情や振る舞いに心根の優しさを感じました。やんちゃ仲間にこうしたリーダーが立てば、大人の思い過ごしかと気付かされることもあります。

マナー違反はどちらかしら

ホームセンターでのこと
けんたのドッグフードを購入して
駐車場へ向かうエレベーター前
専用カートにワンちゃん乗せた中年ご夫婦
「ワン！　ワン！」明らかな元気トーン
夫と顔を見合わせて　「フレンチブルよ　かわいいね」
後ろから　別の中年カップルの気配
通り抜けざまに男性の厳めしい声
「うるさいな　躾けをしてから連れてこい」
マナー違反はどちらかしら
連れの奥さんは恥ずかしそうに下向いて

🐾 ペット専用カートに乗って、元気よくご挨拶「ワン！　ワン！」どう見たって可愛い。笑顔で「こんにちは」と声をかけたくなる。うるさいだなんて……躾けが悪いなんて……。

けんた六歳

けんたは至って健やか
相変わらずのわんぱく坊主
今月十一日　六歳になりました
ナイスガイのワンショット！　狙って狙って
狙えども　シャッターチャンスを逃すばかり
けんたは撮られることが大嫌い
けんたにレンズ向けるは根気仕事
ここらで納得　バンダナ巻いた今朝の一枚

🐾 けんたを見て、ワーイ！　オオカミ犬とからかう男の子もいれば、かわい〜い！　カッコイイ！　と撫でる女の子もいます。飼い主としては、明るい色のバンダナやスカーフでイメージアップ！　けんたはシャープな顔つきでも、まるい心のワンちゃんです。

サンダーシャツ

空飛ぶヘリコプター　ブ〜ン♪　　庭先の蜂　ブ〜ン♪
振動音に即反応のけんたくん
シャープな顔つき　ドスの利いた声
快・不快の感情を丸ごとぶつけてくる
先頃　けんたに届いた贈り物
けんたを貰った先の自衛官Hさんから
〝けんた〟ネーム入りのサンダーシャツ
今日は晴天　雷の心配はないけれど
早速着用　かっこいい!!
関心の目に囲まれて　いかにも満足げ
これまた　ありのままの澄まし顔

🐾　ブログの犬ジャンルから「めばるの部屋」を知ったHさん（ご夫妻）が、けんたの成長とともに増す音への執着を心配されて、恐怖を緩和させるサンダーシャツを贈ってくださいました。里子に出した親心が伝わる贈り物です。

虫の音

秋の夜に　リン　リン　リン
静かにひびく虫の音は
けんたの耳に心地よく
すやすや　寝息をさそう子守唄
あー　やっとの思い
さらば！　けんたを泣かせた夏地獄

聴覚MAX

台風が逸れた秋晴れの朝
そわそわ　きょときょと　けんたくん変ですよ　どうしたの
空に　雷さんはいませんよ　夏の花火も終わったでしょ
何処からか　バン　バーン
どうやら　運動会のようですね
遠からず近からず　行進曲やら歓声やら　合い間に　競技合図のピストル音
夏が過ぎて秋なのに　またまた　けんたは聴覚MAX状態
怯えて　震えて　泣いて　わめいて
運動会の騒音も苦手だなんて　大きな体して情けないな　けんたくん
もっと強く　でーんと構えてみなさいよ

🐾 異常なくらい敏感な、けんたの聴覚についてはご近所迷惑も考えて、保健所に相談し東京大学附属動物医療センターを紹介されました。けんたの行動を観察のうえで異常はなく、幼犬で捨てられた時、何らかの音で恐怖を覚えたのではとのこと。幸い、ご近所ではけんたのことを、このご時世に近隣を守る番犬、犬は吠えるのが仕事と、温かいご理解をいただいています。

犬のけんたくん

犬のけんたくん
夏場は大変ですね　辛いですね
お見舞いもうしあげます
ゲリラ豪雨　雷鳴　稲妻の追撃から
やっと解放されても　昼間は灼熱地獄
夜間は爆竹花火の炸裂音　バン　バーン！
目は血走り　身を震わせて怯える連夜
夏の夜空を彩る花火は　誰もが楽しむ風物詩
住宅街に響く花火は　けんたに轟く化け物
犬のけんたにも　心あり
動物にも　安眠の権利あり
けんちゃん　もう少しの辛抱ですよ

散歩中の世間話

いつ　どこで起きるか分からない世間話
けんたの散歩中　T路地の左角から
不意に現れた七十歳前後の男性
イカツイ顔したけんたと出くわして
恐怖心からか男性が　よろよろと膝をついて
世の中　犬好きばかりじゃない！　足が悪い人間もいるんだ　気をつけろ！
この前　ほかでも犬に噛まれて裁判中だ！　上場企業の役員だぞ！
右角のお宅のご夫妻が　事態を静観
ご主人が手を差し伸べ　男性は立ち上がり
お礼の言葉もなく　こちら一点を睨み付けて
今度見かけたら　棒切れでぶっ叩いてやる
棒切れよりも　散歩に無難なステッキを　用意されるとよいのでは
うちの犬は噛みつきませんが
強面ですみません　ごめんなさい

けんた八歳

新年明けて　八歳になったけんたくん
相も変わらず　権太坊主のけんたくん
毎日　なに考えて生きてるの
朝食　夕食　お散歩は　定時定刻に催促吠え
満たされて　背筋伸ばして　お座りして
近隣一帯を見張る姿は　まるで守衛さん
なのに相性次第　気に入らないと吠えついて
ご近所さん　どうぞご勘弁を
いいのよ　いいのよ
犬の仕事は吠えること　泥棒除けで安全安心
みなさまのご理解に　ただただ感謝
けんたは　今を悠然と生きている

リボンちゃん

妙王寺川沿いの散歩道
さみしくなったね　けんたくん
リボンちゃんと　もう会えないね
目黒区へ引っ越して行った　リボンちゃん
ミニチュアシュナウザーの　リボンちゃん
ワンちゃん同士は無関心でも
リボンちゃんのママが
「けんたく〜ん」と手を振って
「けんたくん！」となでなでしてくれる
ミックス犬でごっついけんたは
小型犬の飼い主さんから敬遠されがち
リボンちゃんのママは気持ちのあったかい人
引っ越しを聞いた朝が　最後になるなんて
あの日が　お別れの散歩になるなんて
けんちゃん　やっぱりさみしいね

にっこり　ほっこり

けんたと行く道　散歩道
行き交うワンちゃん　犬種はさまざま
じゃれつく子犬の　愛らしさ
ゆったり近寄る大型犬の　気立てよさ
家路へ急ぐ帰り道　あの家の玄関先に　色鮮やかな花々が
この家の庭先には　可憐な草花
犬のしぐさに　にっこり　花みて　ほっこり
けんたと歩けばこその　健やかさ
足取り軽やか　気持ちも弾んでリズミック

🐾 小さい犬にじゃれつかれると逃げ腰のけんたくん。体の大きい犬を見ると、尻尾を大きく振って喜びます。ゴールデンレトリバーやラブラドールとは相性抜群です。もっと大きい犬種のワンちゃんと出会った時は、目下が目上を敬うように、けんたも犬の仁義を果たします。

こら！　あら！　まあ！

こら！　けんた
ガス　電気　水道メーター検針日に　威嚇吠えをやめなさい
あら！　けんちゃん
おもちゃを銜《くわ》えて　お出迎え　お留守番をありがとう
まあ！　けんたくん
庭に　お散歩おチビ犬が入っても　お兄さん顔してお利口さん
もう眠いのね！　けんこちゃん
夜になると　やさしい顔で微睡《まどろ》んで　姿も女形のけんこちゃん

🐾　けんたの行動次第。けんた！　けんちゃん。けんたくん。そして、けんこちゃんと思わず呼んでしまうような可愛い一面もあるのです。

シャン　シャン　シャン

どこかの家の生活音　テーブル　ソファー
フローリングを擦る摩擦音
またまた　即反応のけんたくん
夏が過ぎて　耳を欹《そばた》てることもないのに
どんな音も　お化けじゃないの
首元に　かわいい鈴でも付けましょうか
犬の首輪に鈴なんて　猫みたい
気にしない　気にしない
シャン　シャン　シャン
鈴鳴らして進む　平常心のけんたくん

音に敏感なけんたも、心地好い音色とは何かを、よく知っています。

お利口さん

あ！　カッパは捲《めく》れるし　傘は傾くし
けんちゃん　道草しないで早くして
ウンチもオシッコも済ませたでしょ
さあ急いで　時間がないの
あらあら　前を行く若いパパ
首にセキュリティーカード　きっと出勤前ね
ベビーカーにレインカバー掛けて　急ぎ足
保育園へ送ってもらうお利口さんよ
ご苦労さまです　やさしいパパね
けんたくんも　三日間のお泊まりだから　ちゃんとお利口にしていてね

お盆シーズンの混雑を避けて、毎年九月に墓参のため帰郷します。けんたを預ける朝が雨だと大変です。夫はＯＢ会で一日早く出発。早朝の散歩でずぶ濡れて、お預け予約時間に合わせて再び雨の中を往復。羽田へ向かうまでの一苦労も、若いパパの姿を目にして水に流れました。

老犬

猛暑の夏を　息絶え絶えにがんばっていた
近所のワンちゃんの鳴き声が消えた
老犬の姿が見えなくなった
夏の初め頃には
友人が愛犬を突然死で亡くしている
わが家には　暴れん坊で勇ましい犬　けんたがいる
黒と焦げ茶の毛並に白毛が増えて
炎天と雷雨の八月に辟易している
もう勘弁してよ　動作はまさにご老体
犬も主も　ともに高齢の域だから
楽しく散歩　健やかに寄り添ってゆこう

戌年

けんたは戌年生まれ　今年十二歳
二十五キロ前後の中型犬　人間年齢七十歳前後
一代目のコロちゃんは　十九年余り生きたご長寿犬
コロちゃんに肖《あやか》って
けんたくんも生き生き元気に　ガンバ!!
みんな一緒　今年も元気でがんばりましょう

犬年齢は犬種や体重によって換算に差があるようです。

ふるさと

航空写真

山口・島根を襲った集中豪雨
一冊の週刊誌のトップページに
須佐川決壊で薙《な》ぎ倒された実家の全景
二次災害の恐れから解体急務とのこと
アクセス不通で動きがとれず
焦る思いを鎮め　諦めついた航空写真
戦時中　従軍カメラマンだった亡父が
上空のカメラマンを呼び寄せたような
現場撮りの重要性を知らしめたような
嘆くな　立ち上がれ
父からの克明な意志伝達が読み取れる

空席待ち

萩・石見行き空席待ちの数日が過ぎ
いざ現状を見届けて　虚無感に立ち竦む
実家はすでに　重機で取り壊されて
周辺に折れ曲った鉄材の塊
割れ砕けたコンクリート片の山
道路も　敷地も　護岸も　川も　境界皆無
橋脚は歪み　山陰本線は運行不能
各所で貢献されるボランティアの方々
私は無力のままに　帰京の途に就く

シルクの雲海

一握り　手を伸ばして掴んでみたい
一度でいい　魔女になって飛んでみたい
機上の眼下にきらめく　シルクの雲海
言葉にならない切なさも
準《なぞら》えることのできない草臥《くたび》れも
ほんわか包まれて　すっと解消
この雲に乗って　原点へ帰ってみよう

プラットホーム

夢を見た　上り列車を待っていた
何十年も乗降してない須佐駅から
どこへ向かおうとしていたのか
プラットホーム後方に　先頭車両が見えた
信号待ちか　列車は一旦停車　この間に
どこの家だか　忘れ物を取りに急いだ
駅へ戻ると　ホームに到着の列車が
待ったなし　ガタンゴトンと動き出した
乗車を拒むように発車した
ただ呆然と　右手に切符一枚を握りしめ
行く先も定かでないまま　目が覚めた
鍵を開けて入る家を失くしても
帰っておいでと迎えてくれる玄関口
置き去りにされたわけじゃない
プラットホームの温情だったのだろうか

ぴち　ちゃぷ　らん

むかし　子どもの頃の雨はいじらしく
ぴちぴち　ちゃぷちゃぷ　らんらん
今日この頃のゲリラ豪雨はにくらしく
ゴウゴウ　ザアザア　ドブンドブン
日本中を東西南北駆け回り
ところ構わず飲み込んで
野放図極まりない威嚇の雨
空にも番人いるなら程々にしてくださ い
あまりの暴挙は控えてください

初物わかめ

須佐の海から届いた　春だより
包みいっぱいに香る　磯だより
日本海の荒磯で成長して　浜の寒風にさらされて
しっとり乾いた　新芽の初物わかめ
一把《は》二把《は》と数える藁《わら》で束ねた仕上がりは
浜の漁夫の小忠実《こまめ》な手仕事
昨夏の豪雨で被災のお向かいさんから
まさか今年も　この調達品を受け取ろうとは
めばるの実家は流されても　ふるさとからの包みに籠もる人情味
復興途上の田舎から　今も届く有難味

小糠雨《こぬかあめ》

父母が眠る墓地から丘を下った先
アスファルト路に　あの夏とは違う小糠雨
間抜けな雨が降ったり止んだり
道の両側には　民家と店舗が一軒ずつ
取り残された感の侘びしさが漂う
記憶の町は　水の力で破壊され
昇る朝日を　仰ぐ人影がない
沈む夕日に　傾く家屋の影もない
泡《あぶく》とともに壊れて消えてた　私のふるさと

涙もいっしょくたに

水の災いは山から川へ
川から海へと生活のすべてを押し流す
傷ついた人の涙もいっしょくたに
今年も各地で相次ぐ台風　水の害
自然の猛威と暴挙のつめ痕が
砕けた記憶を戻す

地方創生

萩から須佐まで　ほぼ五十キロ
国道沿いの側道を　手押し車で歩く老婦人
足腰曲げて　自転車を押して行く翁
片側車線工事現場で　旗振る中年作業員
働き盛りの若者　外遊びする子の姿はない
お墓に眠る家族との会話は　ぶつぶつ独り言
工業は乏しく　商業は寂れ　農家は高齢化
水産業は盛んでも　新鮮な海産は都会へ直送
鮮度を知るこの舌に　満足の肴なし
地方の疲弊は著しく　ふるさともその一端
『地方創生』にどれほどの期待を懸けようか

来た道

いずれ終わりを迎えて　心と躰が無くなれば
来た道を戻り　土に還る
行く先の一基　平成のうちにと故郷へ建つ

無風

綿毛のように　ふわり　ふわり
浮世の風に乗ってやってきて
思えばここで幾年か
おいおい先は　無風の丘に舞い戻り
父母の眠る木陰
あの墓の際に休らおう

あとがき

書籍化に向けて、七年間保存してきた詩やエッセイを、どのように仕分けしていこうか、書いた年月日順に並べるだけでは何の面白みもない。出版を意識した当初、そんな心配をしていました。

文芸社のOさんと面談して、新たに書く意欲が湧き、意気が揚がり、そして、編集を担当されたTさんの示唆に助けられて、独自の作風を損なうことなく、四章の枠組みに納めて、出版へと漕ぎ着けることができました。

『めばるの部屋』を訪問くださった読者の皆さまには、最後までお付き合いくださり、心からの感謝を申し上げます。

著者プロフィール

鳥切 かずみ（とりきり かずみ）

1951年生まれ
山口県出身、東京都在住
1972年　トキワ松学園女子短期大学（現　横浜美術大学）造形美術科卒業
1979年　KDD国際電信電話株式会社（現　KDDI）退社
著書『あの春以来』（2003年　新風舎）

めばるの部屋

2019年3月15日　初版第1刷発行

著　者　鳥切 かずみ
発行者　瓜谷 綱延
発行所　株式会社文芸社
〒160-0022　東京都新宿区新宿1－10－1
電話　03-5369-3060（代表）
03-5369-2299（販売）

印刷所　株式会社フクイン

ISBN978-4-286-20344-7　　日本音楽著作権協会（出）許諾第1812081－801号